어디꽃피고새우는날만있으랴

시와소금 시인선 · 036

어디꽃피고새우는날만있으랴

이사철 시집

시와소금

'시 속에 그림 있고, 시는 소리 있는 그림이다.'라는 말이 있다. "詩中有畵"와 "詩爲有聲畵"가 그것이다.

글을 읽는 이의 심박 수가 변화한다거나 정신이 맑아지지 않는다면 무슨 소용이 있으랴. 그림 같은, 소리가 있는 그림을 그려나갈 것을 다짐한다. 음식을 만들 때 갖은 양념을 사용하여 맛있는 음식을 만들 듯 여러 가지 양념이 잘 어우러진 맛깔 나는 시, 약밥처럼 영양이 풍부한 차진 시도 쓸 것이다.

그리고 내가 주인이 아니라 독자가 주인이라는 일념으로 써나갈 것도 더해본다. 사람도 경쟁력을 갖추어야 최고의 상품이 되듯이 시도 마찬가지라고 생각한다. 많은 사람이 사랑하는 상품, 값지게 활용하는 상품을 만들어 내는 것도 잊지 않겠다.

세상의 소리와 흐름에도 귀를 열고 더듬이를 세워서 잘 감지해 나갈 것이며, 시를 잠시 잊고 사는 영혼들에게도 위안을 주는데 조금이나마 보탬이 되고자 한다.

보잘 것 없는 글을 접하는 모든 분들에게 따끔한 채찍과 더불어 애정 어린 격려도 부탁드린다.

동해 관사에서 이사철

| 차례 |

| 시인의 말 |

제1부 길 위에서 멎은 숨

제2부 검은등뻐꾸기

제3부 김혜수 입술

제4부 고요의부피

제5부 고등어의 자식

작품해설 | 공광규

제 1 부

길 위에서 멎은 숨

참으로

이 세상에서 가장 아름다운 시詩는
처녀의 땟물을 갓 벗은
따끈따끈한 새댁
각시閣氏, 각시다

낙타의 꿈

서역에서 온 낙타 한 마리가
도시의 좁은 골목을 지나다가
유리창에 어른거리는 자신을 보고 멈춥니다

낙타의 눈은
사막밖에 볼 수 없다는 것

그것이 정설이라면
낙타는 지금
무엇을 바라보고 있는 것인가

도시의 것들
꿈을 잃은 낙타의 눈이
아라비아사막에 소실점만 찍고 있습니다

등 치는 사람

아침 산에 올라 나무에
등 치는 사람

흔들리는 나뭇가지
반질반질한 몸통에서 들어보았는가
나무의 울음
나무의 신음

등에 나무치는 사람
나무에
등 치는 사람

길 위에서 멎은 숨

구름이 차에 치인 것을 본 적이 있다
바람이 그렇게 되었다는 말을 들어본 적도 있다

이번 구름은 천산북로를 넘다가 그랬고
저번 바람은 신장공로를 지나다가 그랬다고 한다

철없는 구름이 천천히 날다가
야크 꼬리에 감겨서
건방진 바람이 고양이처럼 자기용맹만 믿고 넘다가
노새의 사타구니에 걸려서

다람쥐나 토끼의 지략보다도 못해서
먼저 갔다는 것

새들도 높이
는개비도 아주 낮게 산맥을 넘거나 더듬으며

피어오르게끔 안전하게 고안되어 있다지만
간혹

긴꼬리원숭이가 나뭇가지에 거꾸로 매달렸다가
떨어지듯 드물게
그런 일도 있는 것이다

책장 속에서

책장을 넘기는 일은
달콤한 추억을 만나는 일이지만
바람이 먼저 스쳐간
글자 위에는
그저 검은 공간만 남아 있을 뿐
상처 난 단어들이
여기저기서
나부의 표정으로 바라보고 있다
순결을 잃은 글자마다
껍질을 저며
책장 속에 다시 도배를 해 본다
풀기가 마르자
잃어버렸던 순결이
찐빵처럼 탱탱하게 되살아나고
허스키한 글자까지도
울음판 속에서

눈과 귀로 열린다
잠들었던 사멸의 소리가
집적된 기억의 회로에서 깨어나
헌책 속의 낙서처럼
지난날의 안부를 묻고 있다

허허虛虛, 달항아리

늙은 도공이 백토 속에서 달을 찾고 있다 활대처럼 휘어진 등은 눈썹만한 초승달이다 보름이 오기 전에 둥근달을 만들어야만 하는 관념의 뿌리가 등 속에서 배어나오지만 상현이 지나고 두 차례가 지났는데도 둥근달은 어슴푸레하게 흙 속의 밑그림으로 남아 있을 뿐이다 망치로 가슴을 내려친다 둥근달이 조각난 고기비늘처럼 쪼개진다 도공은 달의 파편 위에서 망나니춤을 추다가 술잔 속에 갇힌 하늘을 혓바닥으로 자꾸 닦으면서 유백이라고 중얼거린다 취중의 하늘이 푸르게 벗겨지면서 붉은 해를 토해내자 달은 사라지고 달항아리가 불덩이 속에서 도공의 속빈 가슴으로 윙윙 소리를 낸다 일순간에 달이 살아나고 있다 굽은 등 떨리는 손 망나니 가슴이 허허실실로 일어서는 순간이다 조선의 찬란한 불꽃 속에서

영구임대아파트

삼작거리에 수백 살이나 되는 측백나무 한 그루가 서있다
보·호·수다 밤마다 수백 마리의 참새들이 날아들어 시끄럽게
수다를 떨기도 하고 잠들기 전 별의별짓을 다하지만 집단민원이
두려워 찾아낼 수 없다 아침이면 정확한 시간에 점호가
이루어지는데 몇 놈은 간밤에 무슨 짓을 했는지 일어나지도
못하고 열외인 것을 보면 우리와 다를 바 없다 사람이나 새나
하는 짓이 다 아이 같다

스트레스

정말로
먼동은
그렇게
터오는가! 약속도 없이
우련히
우련히

정말로
먼동은
그렇게
밀려가는가! 약속이나 한 듯
하얗게
하얗게

새벽이

두려운

세상이 되어버린 지

아주 오래다

최면

공중에 나비가 날아가고 있습니다
그 나비가 남편으로 변합니다
그리고 어느 집 파란대문으로 들어서고 있습니다
미니스커트를 입은 여자가 나와서 남편을 반가이 맞고 있습니다

큐, 여기까지만
자, 일어나 보세요
하늘을 쳐다보세요
아직도 하늘에 나비가 날아가고 있습니까?

아무것도 없는 공중만 보입니다
나비와 남편은 어디 갔죠?
그리고
미니스커트 입고 입술이 빨갛던 여자는요?

그 여자

그대 남편이 이미 삼켜버렸습니다

모두이거나 하나라도

시내버스 꽁무니에서 프로펠러 세 개가 열심히 돌아간다
저것들 중 어느 하나라도 멎으면 타고 있는 사람들은 어떻게 될까
눈감고 하늘에게 귓속말로 살짝 물어본다

그랬더니 '문 열고 튀어야지' 한다

미신

서울대학교 병원 옆 '궁宮'자 든
여관에서 쉬고
사무관시험 보는 날 아침 남자직원이
가져온 밥상 위에 놓인 김 두어 장 떨어지는
소리 '바스락'
미역국은 어이 할꼬, 보나마나
뻔하지

그 뻔한 것에서
내 땀이 나를 건져주었네

HOTSAVER

3라운드의 공이 울렸다 더 이상 울리지 않을 마지막 공이다
사력을 다해 팔을 뻗고 주먹을 날렸다 링이 찢어지고 하늘이
산산조각 나는 것을 보았다 마징가 젯이 날아가는 것도 보았다

그리고 그 후의 일을 알 수 없다 아직도 그날의 결과에 대하여
는 아무도 말해주지 않았다

엄마의 열쇠꾸러미 속에 깊은 비밀이 숨어 있다는 것, 그 많은
열쇠 중에 어느 것이 진짜 열쇠인지 알 수 없다는 것, 내 심장이
여전히 뛰고 있다는 것과 오래 전 엄마의 교과서 속에서
HOTSAVER가 바스락 거리는 소리, 이따금씩 초승달이 웃으면서
투명한 몸짓으로 내게 다가오고 있다는 것, 그 외에 99.99999
9999%의 유전자가 일치한다는 것

우리를 벗어나면서

　소가 우리를 남겨두고 우리와 점점 멀어지면서 선한 눈으로 뒤를 한 번 돌아보며 '엄마~~~아'하고 울면서 떠난 모습이 지금도 눈에 선한 아침 우리가 무엇을 해 왔는지 눈이 아주 선했던 소의 울음소리에서 지문이라도 인식하기 바란다면 폼페이의 가축들과 인간이 마지막 숨을 거두었던 순간에 어떤 모습으로 서로를 부둥켜안고 박제되어 있었으며 워낭과 울대는 지금도 생생한 소리를 낼 수 있는지 거기에는 선한 눈을 가진 소가 몇 마리 정도 있었고 벗어난 우리를 향해 울음 우는 장면이 녹화되어 있다면 보고 또 보고 우리를 떠난 소를 향해 지금이라도 안심만은 절대로 먹지 않겠다고 안심만은 기필코 외면하겠다고 안심시켜주는 것이 우리를 벗어난 소를 경배하며 취해야 할 몸짓인 것을 우리는 알아야 한다

실눈

반쯤은 내부를 바라보고
반쯤은 외부를 바라보는 것

크게 뜨거나 아주 감지 않음으로 인하여
선잠의 오해를 가져오게 하는 것

앞으로

반쯤은 외부에서 들여다보고
반쯤은 더 깊은 내부를 들여다보게 하는 것

귀리 눈…

이정표

이외수 작가가 사는 감성마을로 가시려거든
물고기가 바라보는 쪽이거나 새가 바라보는 쪽으로 1.5km
들어가시오

열반하신 성철종정을 알현하시려거든
대적광전에서 삼천 배를 올리고 비로자나불 삼존이 가리키는
방향으로 올라가시오

그리고 어느 카페에서든 간에 소피가 몹시 마려우시거든
장동건 또는 고소영이 당신을 바라보면서 미소 짓는 문으로
들어가시오

한 평을 전세 낸 '다'

어느 시인의 시집을 읽는다

내가 이 시인의 시집을 사다 읽는 이유는
시가 유려하기도 하지만
한 평 정도의 공간에 한 편의 시가 알맞게
누웠거나 서성이고 있어 지루하지 않기 때문이다

마지막부 중간쯤 지나서
눈이 살짝 내린 땅의 길모퉁이로 시선을 돌리는데
도랑 건너편에 이상하게
생긴 검은 돌 하나가 나를 쳐다보고 있어
갑자기 배신감이 확 밀려온다

'다'

마침표도 거느리지 않은 하나의 돌덩이

그 돌덩이 하나가 큰 땅을 전세내면서 나의 심기를
건드리고 있다

이미 보았으니 칼로 도려내거나 찢어버리고도 싶지만
뒷면에 '극락 가는 길'이라는 제목의 시가
자벌레처럼
아래로 움직이고 있어 난감하다

생각해보면
본문을 디자인한 직원의 정직함을 편집책임자가
눈감아 준 꼴이 되어 출판사 사장에게는
손해를 입힌 죄가 성립되지만
형법에 사기죄 말고 배신죄라는 것이 없고
나에게도 일부 책임이 있어 아무 죄도 묻지 않고
도랑 건너편 '다'를 그냥 품기로 하였다

부길부길쇼

- 묵호 · 1

복희 아버지의 이름은 부길
그래서 '부길부길'하고 다녔네

향기 엄마의 이름은 고향선
그래서 '향선향선'하고 다녔네

그러던 어느 날
복희 아버지가 마약에 중독되었는데 그놈의 병 고쳐주려고
향기 엄마가 묵호극장에서 악극공연을 하다 악을 너무 써서
그런지
서른 살의 나이에 쓰러져 부길 씨에게로 영영 돌아가지
못하였다네

다 지나가버린 이야기지만

부길 씨가 '부길부길'하고 다닐 적에

복희와 향기는 영문도 모르면서 '쇼쇼쇼' 하면서 좋아했으나

정작으로 즈그 엄마의 본명이 성경자라는 사실은

세월이 한참 지난 후에나 알게 되었다고 하네

제 2 부

검은등뻐꾸기

동백꽃

편히 쉬기 바란다

선운사 툭툭 떨어지는 동백꽃
봄의 사리여!
앞서간 논개의 입술이여!

나는 너를 잃는 슬픔이 커도
길 비켜줄 수밖에 없다

사월은 밤마다

사월은 가갸거겨의 달
백매홍매청매황매가 흐드러지게 웃다가
어어리나모가 재잘거리다가
벚꽃이 도란도란 이야기하다가
백목련자목련이 풍만한 자태를 뽐내다가
진달래가 두견의 울음처럼 가나다라로 피다가
달이 나뭇가지에 걸려있는 밤마다
기역니은디귿리을
리을디귿니은기억으로
하늘거리며 꽃잎 저 내려오면
소록소록 꽃눈 쌓여
산과 들에서
훈민정음 읽는 소리 들린다

기별

감자 꽃 피면 전화주세요 부레옥잠도요
오늘아침에는 세 개의 꽃이 피었어요
감자 꽃 두 개에 부레옥잠 꽃 하나
또 오늘아침에는
한 개의 감자 꽃만 피었어요
그 꽃은 누굴 닮았나요?
감자 닮은 것 같아요

꽃눈

　사람들은 꽃잎이 날리는 것을 꽃비라고 하지 꽃눈이라고 하지 않습니다 그런데 세 살 적 우리 아들은 벚꽃 지는 것을 보고 눈이 많이 내린다고 했습니다 눈이라면 녹아야 할 텐데 녹지 않는다는 것을 이미 알고도 그걸 그렇게 표현한 것을 보면 두보가 잠시나마 우리 세상에 환생 했던가 봅니다

붉은달개비꽃

　모두가떠난시골빈집뒷켠에서한여자가소피를보고있다방뇨
다어디선가날아온파리한마리가엉덩이에붙어서세수를한다잘
못했다고두손모아싹싹빈다그늘진어느골짜기에선가폭포수쏟
아지는소리에놀란강아지풀하나가누웠다일어났다를반복하다
가붉은달개비꽃간지럽히고비틀거린다

검은등뻐꾸기

청도 운문사 깊은 계곡에서
홀딱 벗고
홀딱 벗고
망측한 울음 울다
웃으면서
절[寺]로 날아가 버린 새

소나기 오는 날

내 등에
한 소녀 업어봤으면

분홍빛 스웨터에
황톳물 짙게 들여 봤으면

봉숭아 피는 날 울밑에서
손톱에 꽃물도 다 들여 줘 봤으면

어떤 일기예보

하늘은 낮에 가끔 구름이 많겠고,
밤늦게 남편의 땅에는 진눈개비 오는 곳이 있겠습니다
아내의 땅에는 곳에 따라 바람이 약간 강하게 불겠습니다
아침 최저기온은 영도, 낮 최고기온은 백도를 오르내리겠습니다
물결은 전 해상에서 약간 높게 일겠습니다
지금까지 오늘의 날씨를 말씀드렸습니다

바람이 먼저냐 꽃이 먼저냐

바람이 심하게 부는 날
벚꽃이 우수수 떨어졌다
그날
먹이 잃은 새들이
나뭇가지에 쪼그려 앉아 슬피 울었다

벚꽃이 우수수 떨어지던 날도
바람이 심하게 불었다
그날
나뭇가지에 쪼그려 앉아
슬피 울던 나는 먹이를 잃어버렸다

꽃 지자 바람 불고
바람 불자 꽃 지고
새들도 나도
먹이 잃어버려 슬피 울던 날

지금도

자기야 어제도 꽃구름
　나는야 오늘도 물구름
우리는 내일도 맛구름

　가시버시
꽃물맛
　꽃물맛

점층법

오디가 익는다는 것은 뽕이
익는다는 것이고

뽕이 익는다는 것은 누에가
익는다는 것이고

누에가 익는다는 것은 고치가
익는다는 것이고

고치가 익는다는 것은 실크로드가
잠 못 드는 것이다

구절초

구구절절한 꽃
구절초

오월 단오 다섯 마디에서
구월 구구절에 아홉 마디가 되어

오오! 구구절절한 꽃
구절초

하얀 여인, 붉은 여인
구구절절 구월에 아홉 마디
달여 먹고

아들 하나 점지 받았네
칠거지악도 면하고 소박도
훌훌 벗었네

이팝나무

아버지 생신날 나 혼자서 이밥
한 공기만 놓고 반찬도 없이 먹는다

지금쯤 아버지도 나처럼 옥수수밥 한 주발을
물에 말아 드시면서
'밥이 보약이야 음, 밥이 보약이지' 하고
계실 것이다

내가 사는 집 마당에 서있는 이팝나무 한 그루
몇 가마 분량의 이밥 가득 담고서
옥수수밥 드시는 아버지 쪽으로 자꾸
고개 숙인다

아버지 얼굴이 이팝나무 그늘 속에 나타나
가난의 굴레를 벗으려고 어른거린다

영산홍

타는 가슴
펄펄 끓어 넘치는 저 쇳물, 용서받을 수 없는 불륜이여!

낙화하심落花下心
— 절정에서내려온다는것은양위하는것보다도위대한결단이다

덩어리째 지고 있다

숨죽이고 살금살금 걸어와 보아라

툭, 동백꽃 한 송이

그믐날저녁소쩍새울음보다무겁다지구의자전축이잠시중심
을잃어휘청한다

복수초

겉은 겨울
속은 봄
말려도 오고 마는 것

노오란 떨림
빛나는 새벽

침묵

벚꽃과 배꽃사이에서 피어나다
앵櫻! 도리도리桃梨桃李

복사꽃

꽃은가루받이를하고나면처녀성을잃어버린
다는것을스스로알고향기를거둔다지요

절벽에

서있는

꽃들은

얼마나

절박한

시간을

보내고

있을까

벌과새

날아와

수술속

암술에

꽃가루

입맞춤

하고서

떠나면
아줌마
되는데

……?
……!

자운영꽃 핀 아침 밝아오다

그것 맞아요 어제저녁 내가 술에 떡이 되었을 때 술이 나를 먹고 내가 그의 등에 업혀서 끝도 없는 철길 위를 걸어간 적이 있지요 사람들은 그 업힌 나를 시체라고 불렀지요 아카시 꽃향기 진동하는 거리를 연인과 함께 걸어가는 모습이나 배꽃이 만발한 과수원 사이를 백마 타고 지나가는 모습이나 다 똑같은 시체인데 몰라보는 사람 참 많더군요

그것 맞아요 술이 가죽부대에 들어와 내 영혼과 맞바꾸어 간 그 푸른 달빛너머로 보였던 시체는 제가 아니에요 기차가 버리고 떠나버린 흔적이거나 술과 달이 서로 눈 맞춘 가식일 뿐 내일아침이면 지금 이 순간을 한 줄도 기억해 내지 못하는 부리도 없는 새의 육신이라는 걸 잘 알면서 모르는 척 능청부리는 사람 참 많더군요

그것 맞아요 내가 선술집에 있었고 술이 나를 몰아내고 나의 가면을 뒤집어쓰었을 때 적어도 내 영혼은 시체였음이 분명하지요 기차가 떠나도 다음 기차가 오리라 믿고 철길을 걷다보면

간이역도 있고 자운영꽃 핀 아침도 밝아올 것인데 저들도 나와
같으면서 왜 자꾸 나만 늘어졌다고 말하는지 이해할 수 없는 사람
참 많더군요

하얀 노루귀

고향 어디에 노루귀
피었을까
갈래복수초 피었다는 소식 전해오면
노루귀도 울면서 피겠지
다른 곳에는 없는

하얀 노루귀

제 3부

김혜수 입술

이른 봄

백두대간에 봄이 옵니다
등 굽은 어머니가 허리춤에 종다래끼를 차고 다가오십니다
쑥과 달래는 아직도 보이지 않습니다

어머니는 저 멀리서 아른거리는 신기루였고
내 마음만 봄이었습니다

봉침
─ 그리움

가랑가랑
가랑비 내리던 날
내 몸 속에 들어왔던 그대
다시 보고 싶다

노크도 없이 들어와
우화했으면,
좋겠다

흐드러지게 밤꽃
피는 날이면
더 보고픈 그대
내 살 속에서
다시 기억하고 싶다

배롱나무 꽃 피기 전에

발그레하게

촉촉하게

바라나시

깡마른 여자가 담배 한 개비를 꺼내 물고 불을 댕긴다 피어
오르는 연기에서 관솔 타는 냄새가 난다 잠시 후 여자 몸에서
우두둑우두둑하는 소리 들리더니 눈이 움푹 파인 미라 한구와
사리 몇 개가 현출한다 찰나의 장엄함을 보는 순간 누군가 던진
구슬에 맞아 담뱃불 피식하고 꺼진다

세모와 동그라미

세모는 아비이고 동그라미는 어미였다
내가 태어나서 보니 그러했다

세모가 동그라미 품에 안겨서
뾰족한 뿔로 동그라미를 터뜨리려고 했으나
동그라미는 터지지 않았다

360°가 세모 속에 갇힐 때에도
아무리 벗어나려고 해도
뿔난 세모가 쉽사리 놓아주지 않았다

세모와 동그라미는 만나면서부터
찌르면 부풀고 가두면 밀치고
치고 빠지는 것이 능란한 둔각이었다

다 어매 죄다

 나주 천석꾼의 딸이었던 김석녀 할매의 올해 나이는 88세다
어릴 적 친정집에는 몸종도 여럿 있었다 왜놈들이 위안부로
잡아갈까봐 열다섯 나이에 똥구멍 찢어지게 가난한 시골로
시집왔다 먹을 것이 없어서 송기도 해먹고 풀뿌리도 캐먹었다
그것도 모자라서 아들 못 낳는다는 죄로 온갖 핍박에 시달리다
딸 하나 업고 쫓겨나와 안 해본 일이 없다 세상에 나와서 눈물
흘릴 일이 한두 가지가 아니겠지만 지나간 세월동안 아들 못
낳아 버림받은 것보다 더한 것은 하나밖에 없는 딸 잘 먹이지
못하고 잘 가르치지 못한 것, 그래서 반 귀신의 눈물이 가장
뜨겁고 짜다면서 하는 말 있다

 다 어매 죄다
 다 어매 죄야

사모곡

내가 아기별일 때
어머니는 이미 북극성이셨다

우리가 서로를 알만한 나이에 만났지만
서먹서먹하지 않았던 것은
별의 크기가 달랐기 때문이었다

오십 년 전 초겨울 청년으로 와서
이마에 훈장처럼 큰 주름이 수없이 생기고
어느새 거대한 적송이 되셨다

내가 고목이 되기 전에
언젠가 크게 불러보고 싶은 이름
어 · 머 · 니

낭천* 여자들

남 주는 것을 좋아하는 낭천 여자들
그녀들은 엉덩이가 펑퍼짐하지만 속은 차고 달다

한평생으로 치자면
아주 짧은 순간의 만남이었을 뿐인데
그것도
크나큰 인연이라고 정을 깊게 탄다

출출한 시간에 푹 퍼진 잔치국수를 소쿠리에 담아와
같이 메워먹기도 하고
보리개떡의 사촌인 쑥개떡,
하급품 밀가루에 김치를 넣고 빚은
부꾸미 먹던 시절을 눈물에 담아온다

남 주는 것을 좋아하는 낭천 여자들
그녀들은 두루뭉술하지만 속은 뜨겁고 고소하다

쑥개떡에다 김치부꾸미 냄새나는 낭천 여자들

그녀들의 시간에 나를 가두었던,

시절이 저만치 반환점을 돌고 있다

* 낭천은 화천의 옛 지명이다.

아마도

친구의 여식 혼사에 갔다가
가는 청춘 붙잡아 보려다
그만 놓쳐버리고 돌아왔지요

키가 아주 작았던 고교친구가
머리보다 눈썹이 백발인
신선이 되어 손을 내밀었지요

아마도 다리사이의 검은 숲마저
민둥산 억새밭처럼
상강 추위를 타고 있겠죠?

그녀의 칠월이 질척거리는 이유

도다리의 눈과 넙치의 눈이 서로 다른 위치에 박혀있는 것
도다리는 이름이 석자니까 오른쪽으로 머리를 두르고 넙치는
두 자니까 왼쪽으로 머리를 두른다는 사실만 알고 있을 뿐

내가 죽는 것은 괜찮은데 상놈의 입에 들어갈까 걱정하는
물고기가 있다는 것
푸른 이끼만 뜯어먹으며 자신의 영역에 아무도 들이지 못하는
까칠한 성미로 인해 놀림낚시에 당한다는 사실만 알고 있을 뿐

반달의 반달이 상현달이고 거기에 계수나무와 토끼가 살고 그
쪽배가 뒤집히면 무서운 여우 눈이 된다는 것
푸른 하늘 은하수 토끼 한 마리 돛대도 아니 달고 삿대도 없이*
서쪽나라로 가기도 잘도 가는 배가 다 똑같은 배인 줄 착각하고
있을 뿐

그녀의 칠월이 해마다 질척거리는 이유에 대하여는
아직까지 아무도 모른다는 것

* '푸른 하늘 은하수……삿대도 없이'는 우리나라 창작동요의 효시인 윤극영 선생의 '반달'에서
  차용하였다.

소매물도

여자가 어느 날 시집왔다 중매쟁이에 속고 친정아버지의 등에
떠밀려 열다섯에 시집왔다 첫날밤을 지나고 나니 돌아갈 수
없는 몸이 되어버렸다 저녁마다 울면서 그냥 거기 체념하고
살아온 세월 그 세월이 수십 년을 지나 어느덧 미수米壽를 넘겨
버렸다 반 귀신이 되어버린 지금 자식들은 모두 뭍으로 떠나고
남편마저 어제 저녁 숟가락 놓고 승천했다 혼자인 여자는 이제
시아버지의 조상의 조상이 물려준 미역바위의 주인으로 남아
파도가 매몰차게 부서지는 섬 언저리에서 다시 열다섯 첫날밤을
보낼 준비를 하고 있다

좋고좋다

매워도 고추가 좋고
아려도 마늘이 좋다
자네는

늙어도 아내가 좋고
낡아도 내차가 좋다
그대는

더워도 온탕이 좋다

망상

평소에 잘 익은 누에 같다고 자신을 자랑하는 아내가 브래지어를 쓰고 막잠을 자고 있다 컵이 다 찌그러져서 살아나지 않는다 손을 써서 살려내기는 해야 할 텐데 어쩌나! 대봉시 두 개가 물컹하고 터져있으니 말이다

스미싱녀
— 오늘처럼 살가운 우리 마누라는 처음부터 부존재하였다

아침 일찍 '자기야, 당신이야'
라고 애닲게 부르면서 내 품으로 들어온
문자메시지 두 통을 매정하게 지워버렸더니
곧바로 내 자기
또는 그녀의 전화 한 통이 들어왔다

신호가 다섯 번 정도 울리는 동안
나의 경호원 앱App이
'춘천 신사우동 치안센터'에서
나를 찾는다고 알려주고 정 위치로 갔다

겁이 덜컥 나서 아내에게
집에 별일 없는지 전화로 물어보고서야
그 살가운 마누라가
발톱을 숨기고 전국의 치안센터에서
밤낮 없이 근무하는
비정한 여자라는 사실을 알게 되었다

김혜수 입술

원주 매지리 회촌마을 토지문화관 건너편에 있는 흙의 울음
이라는 식당에 가면 김혜수 입술이라는 정식이 나온다

사람의 두상을 한 정식으로 머리는 돼지수육이고 눈은 콩이고
코는 푸른색 또는 붉은색 고추고 귀는 뚝배기 손잡이 두 개로 대체
되었으며 입술은 당근이나 홍당무를 저며서 만들었는데 당근이나
홍당무로 만든 그 부분의 맛이 일품이다 그 때문에 이 집은
예약하지 않으면 밥을 먹을 수가 없고 특히 남자손님이 우글거린
다고 하는데 입술이 유난히도 빨갛게 칠해진 이 집 여주인 이름이
김혜수가 아닌가 상상해본다

난 오늘 여주인을 힐끔힐끔 쳐다보면서 머리눈코입술을
남김없이 다 먹어버렸다,

내장까지도

남산만한 배를 앞세우고 문을 나서는데 몸을 팔아 돈을 버는 주인 여자의 빨간 입술이 계산대를 지나 마당까지 따라 나오면서 자꾸 나를 향해 추파를 던지는 날이었다

상쾌한 아침

그녀가 미니스커트에 하얀 장갑 약간
금색이 물든
흰색의 등산모를 쓰고
아침산보를 하는 모습을 상상해보라

그녀가 개과에 속하는 나를
민법에서 분류한 물건처럼 남겨두고
내 앞을 빠른 걸음으로 지나가는
모습을 상상해보라

그녀가 내게 실망을 주지 않기 위해서
끝까지 나를 돌아보지 않고 가는 것을
다행으로 여기고 나는
그녀를 현자라고 부르기로 했다

그녀의 발목과 치마사이 그리고

손목과 어깨사이에서
나도 흰 살을 드러내고
현자인체 가깝게 걸어가고 있었다

그녀는 나를 스쳐갔지만
나는 그녀를 실컷 보면서 걸었다

부레

선거에 나오는 사람들은
구명조끼를 입지 않아도 물위에 입이 뜬다

그 말 듣기 싫을지 몰라도
귀 틀어막고 평생 동안 만났던 이웃들에게
끝까지 구명조끼 입혀드리는
수고로움
잊어서는 안 된다

설사 한마을이 모두 꽉꽉 밀어준다며
철썩 같이 약속해놓고
결과가 한 표밖에 나오지 않은
거짓자백 뿐일지라도

우수수 낙엽 지는 가을날
또다시 온다 할지라도

뻔히 알면서 속이고 또 속이는

일 더는 없을 거라고

거짓자백 이번이 마지막일거라고

아내

제발 변하지 마시게나
늘 곱고 영악하시게나
파리가 빨다만 밥알은
절대로 되지 마시게나

그리고

부품 없는 수리업소에
맡겨지는 일은 더더욱
없으시게나

해녀

– 권정미

감추사 앞에 사는 예쁜 인어
그녀의 자맥질을 따라가면
맛 나는 물질을 먹을 수 있어 좋다

멍게해삼소라전복고동성게문어미역
다시마…

그녀의 숨비소리를 따라가면
맛 나는
물질을 먹고 먹을 수 있어 좋다

'호오이, 호오이' 늘 거꾸로인 그녀
그녀가 또 하나의
멍게해삼소라……인 아침

다도해

분가한 형들아 시집간 누이야
다 여기 있었구나

나도 이제 여기서
육신이 부서지고
영혼이 마를 때까지

속 깊은 파도와
뜨거운 사랑 나누고 싶구나

염전

그대는 푸른빛 나는 하얀빛
그대는 분홍빛 나는 노을빛

우리
그렇게 실컷 쫄다 가자구요

드로그바*

비구름이 몰려와도

그대의 두발은

마냥 둥근 풍금입니다

* 드로그바는 코트디부아르의 축구선수로서 영국 프리미어리그 첼시에서 뛰었으나 지금은 미국 메이저리그 몬트리올 임팩트에서 선수생활을 하고 있다. 2005년 그의 조국이 장기 내전에 시달리자 2006년 월드컵 본선진출 티켓을 따낸 뒤 TV로 생중계되는 카메라 앞에서 무릎을 꿇고 "사랑하는 조국 여러분 적어도 1주일 동안만이라도 전쟁을 멈춥시다." 라고 호소하였는데 실제로 1주일 동안 내전이 벌어지지 않았다고 하며, 2년 후에는 5년이나 지속되던 내전이 완전 종식되었다는 일화가 있다.

제 4 부

고요의부피

맨밥

반찬도 없이 이밥을 먹으면서
강냉이밥 먹던 시절을 생각해 본다

그때에는 그것이 행복인 줄도 몰랐지만
지금보다는 덜 불행했던 것 같다

어릴 적에는 먹고 자고 입는 것만이
가장 큰 일이었던 때가 있었다

창작수업

십 오주동안이라고 적힌 교재를
삼일 만에 다 읽어버렸다

과속한 죄로 비싼 벌금 딱지가
날아들 것만 같아 두려웠다

그리고 보니 내가 삼일 만에
일백오일이나 폭삭 늙어버린 셈

남은 것이라고는 잃어버린 잠과
혼돈뿐이다

어디꽃피고새우는날만있으랴

나 + 아내 - 아들 - 공쥬1 - 공쥬2

궁 상 궁 상 각 치 우 궁 상 각 치 우

111 — 101 — *111 — 101 — 101

&

4979　4989　5151　1255　5959

&

9797　6933　5189　**1004**　**1004**

와석
-묵호 · 2

여기 누워계시네

나도 그대처럼 고단한 눈동자 정박시키고 니나노가락에
때로는 비릿한 선창내음도 즐기고 먼 산도 바라볼 줄 아는
새까만 돌들, 그들의 눈물도 들이키면서 한번만이라도 백화원
아가씨의 은밀한 곳을 더듬어볼 수 있기를 간절히 염원한다네

고요의부피

새떼들이숲속으로날아가모두나무의무게가된다고요의부피
가새떼들만큼밀려나고그자리에재잘거림가득하다하늘에는별
들의함성이푸르고짙고무겁고크다

인피신발

신발이 간다

십년 전에 산 신발이 헛바닥을 드러내고

발뒤꿈치를 툭툭 치면서 간다

마침내 헛바닥에서 피가 흘러나오고

신발의 심장이 멎어버려

신발은

먼 길 떠나고

맨발만 자신을 밀치면서 가고 또 간다

둥게스와리* 뒷골목에서

인피신발이

밝아오는 아침을 따라가듯이

나도 신발 없이 가본다

맨발로 가본다

* 둥게스와리는 부처가 6년간 고행한 곳으로서 인도의 하층민인 불가촉천민들이 모여 사는 '버려진
땅'이라는 의미를 가진 지역을 말한다. 인구가 12,000여 명 정도 되는데 문맹률이 90%에 이른다고
한다.

아버지의 길

소처럼 일해야만 하는

가난을 대물림하지 않기 위해
얼음강 속을 반드시 걸어가야만 하는

차다
일 년에 딱 한번

히말의 희망
유일한 외부세계와의 통로인
아버지의 길

일 년에 딱 한번만 순결을 바치는
얼음담요
히말의 강
아버지의 유산, 차다

아버지는 부재중

아버지라는 사람은
소통을 경계로 늘 부재중이다
저녁마다 어김없이
술에 전 모습으로 돌아와
창가에 앉아 검은 연기에 육신을 태워 보내고
텔레비전 앞에서는
팬티바람으로
뉴스나 다큐멘터리의 벗이 되어
외롭게 도는 선풍기 속으로 빨려들어 가다가
주말이면
신이 보낸 골프가방 속에 들어가
캐디와 밀어를 나누어야
집이 편해진다는 아버지는
아이들 눈에
단지 아버지라는 이름으로 각인된
부재의 거울일 뿐

꽃비

댓돌 위에 놓인
우리 아버지 검정고무신
밤새도록 꽃비 내려
고요 속에서
팔십 리
하얀 길 가시네

적멸보궁

어스름 깔린 저녁
나를 따라오는 발자국들이
뒤돌아보는 순간
모두 투명한 사리가 된다

기이하다
풀벌레 울음소리 들려오는 속세가
적멸보궁인 것을
부처님도 아시는가보다

밤이 깊어갈수록 푸른 하늘에
큰 대문 열리고
그 속으로
뿌리 깊은 강물 한줄기 흘러간다

밤은 어디론가 사라지고

빛나는 은하

수상가옥들만 늘어가고 있다

놓고서

마음을 놓고서
생명의 끈을 놓고서

그래 놓고서
저래 놓고서
이래 놓고서

나는
그래저래이래

겨울 들녘을 바라보며 우두커니 서있는
허 · 수 · 아 · 비

그래저래이래
갈대밭에 스산하게 바람 불어
잔물결 인다

통일전망대에서

저기 보이는 침묵의 섬이
꼬막섬이런가

구선봉 흘러내린
해금강 물빛은
예나 지금이나 푸르기만 한데

쪽빛 감호에는
밤마다 선녀가 내려와
멱 감고 하늘로 돌아간다는데

우리는 왜
나무꾼이 될 수 없는가
더는

반성

    이 세상에 누구든지 본심으로 사는 사람 있으면 손 한번 들어보란다
    나는 얼떨결에 그만 손을 들고 말았다
    날아가는 새가 내 얼굴에 똥을 갈기고 간다

홀로사회

내가 사는 곳은 하루 종일 있어도 인기척 없는 위리안치소입니다 산이 높아서 손바닥만 한 하루가 눈 깜짝할 사이에 지나가버린답니다 동무라고는 산골짜기에서 흘러내리는 물소리와 한줌의 바람과 햇빛 한 모금이 전부입니다 이따금씩 앞마당에 외로이 서있는 나무 한그루가 불러들인 새들이 이름 모를 외계인처럼 울다가기도 합니다 그러면 입이 또 간지러워집니다 잠들기 전까지 남자는 하루에 칠천마디를 하고 여자는 하루에 이만마디를 한다고 들었습니다 나는 하루가 아니라 살아있는 동안 이만마디만하고 떠났으면 좋겠습니다 그래서 119에 전화를 걸기도 하고 무턱대고 114에 전화를 걸어서 먼저 떠난 남편과 아들의 전화번호를 묻기도 합니다 나는 우리말을 잃어버린 지 오래된, 세 자리 숫자만 기억하고 있는 절해고도 홀로사회입니다

짐승의 길

나는 오늘 짐승이 다니는 길을 걸었다
한참을 걸어가다가 뒤돌아보기도 하였다
몇 시간을 걸었는데도 피곤한 줄 모르는 것은
무슨 이유인지 모르겠다
다만 짐승이 다니는 길을 지나
짐승들의 짐승이 다니는 길이 이어졌을 때
나는 그 길의 경계에 서서
나의 차림새를 훑어보았다
나는 오늘 하루만이라도
짐승이 될 수 있었다는 것이 무척 기뻤다
짐승들의 짐승이 다니는 길을
가지 않은 것도
참으로 다행스러운 일이었다

내가 지금까지 한 일중에서
오늘 한 일이
가장 잘한 일로 기억되었으면 좋겠다

종속되어 산다는 것

내 눈으로 출렁이는 바다를 본다는 것
바다에 떠있는 커다란 배를 본다는 것
바다 한가운데 떠있는 큰 배가 정박료를 낸다는 것
바다에 떠있는 동안 절대로 바닷물을 마시면 안 된다는 것
사람들이 자유의지로 하선한다는 것
내려온 사람들이 향기와 씨앗을 퍼뜨린다는 것
햇살도 감히 바다를 비추는 것이 자유롭지 못하다는 것
이 모든 것을 알았을 때
내가 길을 가면서 공기의 질을 논한다는 것이
사치라는 것을 알게 된 지금은
모든 것들이 스스로가 아니라
만들어진다는 것을 알게 된 지금은
나는
저번처럼
거기 서있을 수밖에 없었다
움직일 수도
콧물이 나와도 닦을 수가 없었다

생의 첫 골목

같은 번지 속에 따개비처럼
햇살이 실타래를 풀어
서로가 마주보거나 등을 대고 서서
무제, 겨울이야기를 나눈다

어느 처마 밑에 서 있어도
자주 만나는 이들 간에
쓸쓸함이 느껴지는 것은
그들의 입속에서 흘러나오는
입김이 같기 때문이다

골바람이 일어
낙엽하나 사르르 구르고 나면
뒤엉킨 머리카락들이
청소부 빗자루처럼 일어서지만
웅크린 자라목은

온갖 꽃을 피운다

어제는 누구 네가 어떠했고
그제는, 그 그제는
모두가 심연의 말들로 판을 짜는
등 돌려 따스한 곳
참새무리로 엉그는
첫 골목의 아침

화채봉

산꼭대기에 소리개 한 마리 떠있다
나는 전생이 그리워 동해바다만 바라보다가
그만 울어버리고 말았다

깊은 밤 편지

개밥그릇에 물 한 모금
그 위에 떠있는 별들

이따금씩 지나가는 한줌 구름 속에서
달을 낚아 올리다가
하늘지붕 아래 잠들고 싶다

삶의 강물이 유유히 흘러
영혼 속에 비춰지는 거울마냥
해독하기 힘든 암호사이를 지난다 해도

개밥그릇에 물 한 모금
그 위에 떠있는 별들의 아름다움이
이슬로 녹아내리는 밤마다

나는 달빛
고요의 일부이고 싶다

노아과 老兒科
― 묵호 · 3

우리 가게 앞에는 오전 8시에 가장 많은 사람이 지나간다
지팡이도 지나가고 목발도 지나가고 굽은 등도 지나간다 하지만
우리 가게로 들어오는 사람은 한사람도 없다 그렇다고 옆집
가게로 들어가는 사람도 없다

모두가 버스에서 내려 무표정하게 땅만 보고 지나가다가
멈춰서는 곳이 딱 한군데 있다 그곳은 나이 든 사람이면 누구
든지 생을 사고 팔 수 있는 곳이다

그곳에선 두꺼운 돋보기를 쓰고 낡은 의자에 앉아 있는
남자가 고장 난 부위에 새 나사를 박아주기도 하고 낡은 나사를
갈아 끼워주기도 하고 망치로 무릎을 톡톡 처보기도 하고
깡마른 마음의 벽에 청진기를 갖다 대고 가랑거리는 숨소리를
듣기도 하고 토막 난 시간의 잔해로 아킬레스건을 용접해주기도
하는 곳이다

그곳은 부지런한 노인들이 직장인양 출근하여 생의 출석부에
도장을 찍고 나서 대기표를 뽑아 다시 돌아갈 차의 무임승차권
을 바꿀 수 있는 유일한 곳이라는 것을 우린 알아야 한다

초향草香

어린 물고기
달빛아래 어우러져 노니는
물가의 작은 집

뜰아래
시냇물 살갑게 들락거리고
삼단 같은 버들가지로
빗어 내린 은빛여울

밤의 전령사
두견새 울음 멎은 산 너머로
쏟아지는 별똥잔치

풀벌레 울음소리에
놀란 월견초 하나 둘씩 깨어나
이슬로 밥 짓는 곳
그곳이 그립다

제 5 부

고등어의 자식

산길

깊은 산골에 길이 두 갈래 나있다

연이 닿아 서로 만나기도 하지만 산새들 떠나고 바람 자는
날에는
영영 못 만나기도 한다

산이 시샘하는 날도 더러 있는 모양이다

첫눈

이른 아침부터
집배원이 달려와 무릎을 꿇고
커다란 편지 한 장을 정중히 헌정하고 갔다
열어보니 아무 내용도 없었다
12월의 어느 날이라고만 적혀있었다
빈공간은
없다는 것에 대한 부존재인 듯
적멸의 순간도
불생불멸의 진리도 다 없다는 뜻

어느 날 유시에 입적한
탄허스님의 약속처럼

편지에
큰 눈송이 하나가 다시 내려와 앉았다가
사르르
녹는다 -멍청이- 여여如如한다

구도의 길

봄이 오거들랑 스님이 돌보는
비로봉 참나물 밭에나
한번 가 보시자구요

누가 압니까

구름 지나간 자리에서
하늘 바라기하는
산새알도 만날 수 있을지

내려오는 길에 똥도 싸고
오줌도 싸고
절에서 지은 밥도 한 그릇
훔쳐 먹고 오시자구요

뭉게구름
- 어린 제자

어느 날
선생님 눈감고
아 해보세요
딸그락
뭐야
동그란
눈깔사탕
하나

선생님 입이 보름달처럼 둥글고 환해진다

또
어느 날
선생님 눈감고
손 펴보세요
자요

뭐야
신문지에 싼
주먹만 한
옥수수 솥 이끼
한 덩이

선생님 마음까지 보름달처럼 둥글고 고소해진다

바람은

바람은 차갑지만 영혼은 뜨거워라
낙엽이 허공에
흔적 없이 파문을 일으키는 달
11월은 시간의 환승역이고

바람은 스킨십과 불륜을 저지르고도
죄의 대가를 받지 않는 유일한
가부좌

그 위에 조용히 겹쳐지는 12월
하얀 눈, 시간의 종이 울리고
열차는
다음 환승역을 향해 떠나리라

고등어의 자식

주말이면 나는 묵호시장엘 자주 간다
오늘도 묵호시장 가는 날
하늘은 너무 맑고 푸르러 이가 시리다
시장 터널을 지나면서 두리번거리다가
활어회타운에 다다랐다
함지박에서 깊은 숨을 쉬고 있는 몇 마리의
고등어를 바라보고 있는데
갑자기 한마리가 날아오르더니
꼬리지느러미로 내 뺨을 후려친다
어서 허리를 더 굽히라고 한다
더 정중해지라고 한다
나는 비로소 거만함이 무엇인지
허리를 굽히는 일이 왜 필요한 것인지
고등어로부터 배웠다
나는 오늘
고등어의 자식이 되고 말았다

오래된 시계

나무늘보와 달팽이는
동족同足이다

우리보다도 더 오래된
계보를 이어온
완벽한 동족同族이다

향신료

지구상의 모든 향신료 속엔 노예의 눈물과
약소민족의 피비린내가 섞여있다

커피와 참기름 속에도 피눈물이 섞여있으니
구수하다거나
고소하다고 말하지 마라

적선

산에 올랐다가 내려오는 길에
공동묘지를 지나면서 막걸리 한 컵을
'획'하고 넓게 뿌려주었다

잠시 후 입맛 다시는 소리가
여기저기서 들려왔다

타투-tattoo

내 가슴 깊이 푸른 멍 새겨놓고 변심한
'조가비'는 어이할꼬
깔끔하게 잊어버리는데
세월뿐이랴 돈도
천만 원이나 든다고 하는데

사월死月, 비오는 · 날

새벽부터 · 칠흑 · 같은 · 하늘이 · 흐느끼며 · 울더니
하루 · 종일 먹물만 · 펑펑 · 쏟아 · 부었다

그 · 아래로 · 차마 · 지나갈 · 수 · 없었다

십승지*

산골마을 초입에서 배춧잎 하나 주웠다 겨울 산맥처럼
네모지게 접혀 있다 용안이 반쯤 구겨져 있는데도 주인은 전혀
아픈 기색이 없으시다 겁 없이 용안을 접은 것을 보면 필경
고단한 삶이던가 아니면 나에게는 엄격하고 남에게는 한없이
관대한 사람이 임자임에는 틀림없다 주운 배춧잎 펴들고 전할
길 없어 안절부절 하다가 길옆에 서있는 천하대장군에게
부탁했다 줍고 또 주워도 부족해 하는 사람이나 자신에게
엄격한 사람 나타나거들랑 전해주라고 신신당부했다 해가
쥐꼬리만큼 걸린 산골마을에서 푸른 연기 피어오르고 개 짖는
소리 컹컹 들린다 한 평생 난리가 난 줄도 모르는 사람들이 모여
사는 산골마을의 하루가 환하게 저물고 있다 일찍 뜬 별 하나가
곧장 가슴에 와 박힌다

---

* 십승지(十勝地)는 재난이 일어날 때 피난을 가면 안전하다는 열 군데의 지역을 말한다.

눈만 내리고

배고팠던 조상들이
강냉이로 버무린 붕생이* 같이
눈은 펑펑 울음으로 내린다

마을갔다가 잃어버린 발목 하나가
짝을 찾지만
성큼 나서는 발목 없어
동동 구르기만 하는 밤이다

박제되었던 시간이 실밥사이로
얼굴을 내밀고
갱년기 여자가 상기된 민낯에
환향기 풍기면서 길을 나선다

펑펑 울음이 싸락싸락 우는
시간의 그물 속

여자의 발자국 위에

내 발자국 한 번 덧대어 본다

잃어버린 것들과 하나가 되고 싶어도

어두운 밤은 분간 없이 질펀하게

눈만 내리고

* 붕생이는 삼척지역의 방언으로서 메옥수수 설기를 의미한다. 따뜻할 때에는 먹기가 좋은데 식으면
  목이 메어져서 먹기가 어렵다.

곰치국

술꾼들이 아침마다
내장을 꺼내
곰치국물에 빨래를 한다

그립다, 해저
남방처녀가
먼데서
먼데로 시집와서
김치와 합방을 하면

파도가
양푼이 속에서
데운 햇물로 일어서고
나는 곰치국
간간한
육수로 살아난다

술이 나를 먹은
그 다음날 아침이면
어김없이, 더러
내가
곰치국이 되듯이

따스한 육수가
나를 먹고
나른하게 다가서면
또다시
저녁이 문밖에서
설레발을 치고 있다

강

목과 다리 긴 새 한 마리
미동도 없이 서있는 얇은 고요

길도 없고 경계도 없고 시원도
잊은 저 맑은 이마

사랑과 자비 모두 잠궈 버리고
하안거 들어간다

친구

보증 좀 서주지 않을래?
그래 알았어, 그거야 어렵지 않지
잠깐만, 아니 안 되겠어
왜 그러는데?
옆에 마~ 마~
그래 알았어, 네 마누라 말이지?
실은 나도 그래

성장통

아이 하나가 강가에서 물수제비를 뜬다 처음에 뜬 수제비는 발끝에서 풍덩하고 기력을 잃는다 두 번째 뜬 수제비는 조금 먼 곳에서 역시나 풍덩하고 곤두박질한다 아이는 자갈밭에 주저앉아 혼자말로 중얼거리며 돌 하나를 고른다 세 번 째 수제비를 뜬다 이번에는 그런대로 익은 수제비 두개가 냄비 속에서 동동 떠오른다 네 번째 수제비 다섯 번째 수제비… 열 번째 갸름하고 얇은 수제비가 너무나 잘 익어 성큼성큼 동동동 뜨더니 맞은편 강기슭을 올라탄다 그제서야 아이는 해내고야 말았다는 듯 안도의 한숨을 내쉬면서 세운 아랫도리를 까고 강물에다 자신의 영역을 표시한다 뜨끈한 아이의 내장이 거품으로 흘러나오면서 먼저가고 있는 강물에게 하는 말 "나도 이젠 고추가 아냐"한다 아이가 수제비를 뜨는 시간에도 고추가 성기로 자라고 있었다는 증거다 수제비가 성장통이었다

나의 착한 군조群鳥

돌 좋아하는 친구가 수석 하나를 가지고 왔다 나는 친구에게 이 돌을 가지고온 연유에 대하여 물었다 친구는 군조群鳥가 넓은 하늘에서 일렁이고 있어서라고 한다 아무리 들여다봐도 군조群鳥는 보이지 않고 바다에서 불어온 모래알만 새까맣게 박혀있다 언제나 꿈보다 해몽이 좋았던 친구가 말한 군조群鳥는 군조群鳥가 아니라 희망이었다 나의 착한 친구는 늘 그렇게 서산 넘어가는 노을 속에서 군조群鳥의 무리를 따라다녔다 군조群鳥가 불타고 있는 서산하늘에는 친구가 버리고 간 조약돌만 바닷물에 쓸려서 싸그락싸그락 울고 있다

무덤

너희들이 다 빨아먹고
쭈그렁방텡이*가 되어버렸지

그 좋던 둔덕도 모두 사라지고
황망한 들녘
이젠 어루만져줄 사람도 없지

그래도 봉분 있던 자리가
희미하게 남아있어
그것만으로도 적선이지

* 쭈그렁방텡이는 삼척 지역에서 쓰는 방언으로서 찌그러져 쭈글쭈글하게 된 그릇을 의미한다.

어떤 광고

불끈 장어

성난 대가리

시의 재미와 순수서정의 절창

공 광 규(시인)

1.

이사철의 시는 현재 우리 시가 잃어버린 대상을 보는 순정한 마음과 천진한 웃음을 복구시키는 힘을 가지고 있다. 사람의 본래 마음은 순정하고 천진한 것인데, 살아가면서 먼지가 끼고 티끌이 쌓이면서 본래의 모습을 잃어버리게 된다. 프란치스코 교황이 최근에 미국의 교도소를 방문하여 한 말대로 "살다보면 발이 더러워지는 것"이다. 거기다가 사람의 마음을 표현하는 문학도 공부를 하면 할수록 문장에 덧칠을 하면서 본래의 마음을 드러내지 못하고 더 흐릿하고 어렵게 덮는다. 요즘 시들이 읽기 어려운 이유가 그래서이다. 거기다가 사람들이 시를 대하는 즐거움을 잃어버렸는데, 이는 시를 생활에서 떼어내 지나친 엄숙주의로 몰아간 문단의 잘못이 한 몫을 한 것이다. 이사철의 시를 읽다보면 이렇게 굳어진 시에 대한 현재의 관습이 깨지고, 시가 본래의 모습으로 돌아오는 느낌을 갖게 된다.

특히 이사철의 시에서 가장 먼저 만나는 창작 방식의 특징은 풍자
적 웃음이다. 풍자 정신은 시인의 이지적 요소와 비판적 요소가 웃음
과 만나면서 이루어진다.

선거에 나오는 사람들은
구명조끼를 입지 않아도 물위에 입이 뜬다

그 말 듣기 싫을지 몰라도
귀 틀어막고 평생 동안 만났던 이웃들에게
끝까지 구명조끼 입혀드리는
수고로움
잊어서는 안 된다

설사 한마을이 모두 팍팍 밀어준다며
철썩 같이 약속해놓고
결과가 한 표밖에 나오지 않은
거짓자백 뿐일지라도

우수수 낙엽 지는 가을날
또다시 온다 할지라도

뻔히 알면서 속이고 또 속이는
일 더는 없을 거라고
거짓자백 이번이 마지막일거라고
　　　　　　　　　　　　　　　　　　　—「부레」전문

글 잘 쓰는 사람보다 말 잘하는 사람이 세상을 부린다는 글을 읽은 것 같다. 가만히 생각해보면 맞는 말인 것 같다. 글을 잘 써도 세상에 적응하기 어려워 고난을 면치 못하는 사람이 있지만, 말을 잘하면 사람을 잘 구슬리고 속이기까지 하여 살아가는데 별 어려움이 없어 보인다. 실제로 정치는 글이 아니라 말로 하는 것이다. 시인이 '말 잘하는 사람은 죽어서도 주둥이가 동동 뜬다'는 세간의 농담을 차용한 이 시의 첫 연은 '말로 먹고 사는'정치인의 특성을 풍자하고 있다. 선거 때만 말로 약속하고 당선이 되면 흐지부지 끝나는, 진실성이 없는 정치인의 특징을 집약하는 이 말은 정치인 당사자로서는 분명히 듣기 싫은 말이다. 그러나 실제로 정치인을 만든 것은 이웃들이며, 이웃들이 선거를 통해 "구명조끼를 입지 않아도 물 위에 입이"뜨는 정치인을 만든 것이다. 정치인의 속성을 잘 아는 이웃들은 정치인을 거짓말로 대하기도 한다. "한 마을이 모두 꽉꽉 밀어준다며/ 철썩 같이 약속"을 해놓지만 결과는 딴판으로 나오기도 한다. 이것이 정치인과 정치와 선거판의 모습이다. 시인이 경험한 선거정치 현실을 시로 잘 보여주고 있다. 시중에 재미로 떠도는 우스갯소리인 농담은 보편적 진실성이 있다. 이것을 시인이 공식적으로 가져다가 쓰면서 독자는 다시 한 번 정치인의 속성을 확인하면서 재미를 느끼는 것이다.

위 시가 시중의 우스갯소리를 시에 차용하면서 재미와 웃음을 주고 있다면 아래 시 「부길부길쇼—묵호·1」은 어휘반복을 통해 시 읽는 재미를 준다.

복희 아버지의 이름은 부길
그래서 '부길부길'하고 다녔네

향기 엄마의 이름은 고향선
그래서 '향선향선'하고 다녔네

그러던 어느 날
복희 아버지가 마약에 중독되었는데 그놈의 병 고쳐주려고
향기 엄마가 묵호극장에서 악극공연을 하다 악을 너무 써서 그런지
서른 살의 나이에 쓰러져 부길 씨에게로 영영 돌아가지 못하였다네

다 지나가버린 이야기지만

부길 씨가 '부길부길'하고 다닐 적에
복희와 향기는 영문도 모르면서 '쇼쇼쇼'하면서 좋아했으나
정작으로 즈그 엄마의 본명이 성경자라는 사실은
세월이 한참 지난 후에나 알게 되었다고 하네
　　　　　　　　　　　　　―「부길부길쇼―묵호·1」 전문

　시인이 이미 "다 지나가버린 이야기지만"이라고 눙치듯이, 시인은
묵호의 지나간 민중서사를 시로 복원하고 있다. 시에서 복희 아버지
이름은 부길이고, 향기 엄마 이름은 향선이다. 시의 분위기를 보면 아
마 동리 사람들은 극장에서 악극을 하는 이들의 직업을 하시하면서
부길과 향선이라는 이름을 놀렸을 것이다. 아무튼 복희 아버지 부길
은 마약중독자였고, 향기 엄마 향선은 "묵호 극장에서 악극공연을 하
다 악을 너무 많이"써서 서른 살의 나이에 쓰러졌다. 그런데 어려서
철모르는 아이들은 자기 부모의 이름이 놀림감으로 불리는 것도 모

르고 "쇼쇼쇼" 하면서 좋아하고 자기 엄마 본명을 나이가 들어서 알게 되었다고 한다. 시인은 부길부길, 향선향선, 쇼쇼쇼 등의 어휘 반복을 통해 시에 재미와 웃음을 준다.

2

위 시들이 시중에 떠도는 우스갯소리인 농담의 차용과 어휘반복을 통한 재미와 웃음을 준다면 아래 시 「검은등뻐꾸기」는 어떤 성속의 문제를 관능으로 접근하여 웃음을 자아내게 한다. 성직자를 등장시켜 독자에게 웃음을 선사하는 시는 동서양을 막론하고 흔한 일이다.

> 청도 운문사 깊은 계곡에서
> 홀딱 벗고
> 홀딱 벗고
> 망측한 울음 울다
> 웃으면서
> 절(寺)로 날아가버린 새
> ─「검은등뻐꾸기」 전문

시인은 검은등뻐꾸기의 울음소리를 "홀딱 벗고"라고 의성차용하고 있다. 운문사는 여승들만이 공부를 하는 역사와 규모면에서 가장 큰 대한민국의 대표적 불교사찰이다. 이런 사찰이 있는 운문산 계곡에서 새가 "홀딱 벗고"하면서 울다가 절로 날아가는 것은 망측한 일이다. 그러나 이 시에는 비판이나 어떤 암시가 있는 것은 아니다. 성과 속을 관능으로 대비시키면서 웃음을 주려고 하는 시인의 전략이다. 시가 꼭 무엇을 암시하거나 비판해야만 하는 것은 아니다. 아래 시 역시 같은 유형의 시라고 할 수 있다.

가랑가랑
가랑비 내리던 날
내 몸 속에 들어왔던 그대
다시 보고 싶다

노크도 없이 들어와
우화했으면,
좋겠다

흐드러지게 밤꽃
피는 날이면
더 보고픈 그대
내 살 속에서
다시 기억하고 싶다

배롱나무 꽃 피기 전에
발그레하게
촉촉하게

　　　　　　　　　　　　　　　—「봉침—그리움」 전문

위 시는 "가랑가랑"하는 가벼운 심상의 첩어와 관능으로 시적 효과를 노리고 있다. 또 봉침을 의인화하여 독자에게 성적 관능을 떠올리게 하고 있다. 독자는 시의 내용이 어떤 성적인 행위인가를 궁금해 하면서 다 읽고 나서야 봉침에 관한 이야기구나 하면서 웃음을 자아내게 된다. 시의 내용에서 보면, 화자는 가랑비가 내리는 날 봉침을 맞은 적이 있다. 그리고 가랑비가 내리는 날이면 봉침을 맞던 기억을 떠올린다. 이것을 "가랑비 내리던 날/ 내 몸속에 들어왔던 그대/ 다시 보고 싶다"며 의인화하고 있다. 이런 기억의 벌침이 "노크도 없이 들어와/ 우화했으면,/ 좋겠다"고 한다. 이런 봉침의 기억이 밤꽃이 흐드러지게 피는 날에는 더 보고 싶고, 자신 속에 기억하고 싶다는 것이다. 의학적 행위를 성적 관능으로 바꾸어 시를 재미있게 끌어나가려는 시인의 의도가 잘 읽힌다.

이사철 시의 관능적 비유는 여기에 머물지 않는다. 「아마도」라는 시에서는 친구 여식의 혼사에 갔다가 겪은 일화를 재미있게 진술하고 있다. 화자가 고교 친구의 혼사에 갔었는데, 머리보다 눈썹이 백발이 된 친구가 악수를 하려고 손을 내밀었던 것이다. 여기서 시인은 "아마도 다리 사이의 검은 숲마저/ 민둥산 억새밭처럼/ 상강추위를 타고 있겠죠/"라며 성적 너스레를 떤다. 독자들 역시 이 시를 읽고 나서 미소를 지을 것이다.

아내를 소재로 가져온 아래 두 편의 시 역시 관능적 재미를 준다.

평소에 잘 익은 누에 같다고 자랑하는 아내가 브래지어를 쓰고 막 잠을 자고 있다 컵이 다 찌그러져서 살아나지 않는다 손을 써서 살려

내기는 해야 할 텐데 어쩌나! 대봉시 두 개가 물컹하고 터졌으니 말이
다

―「망상」 전문

제발 변하지 마시게나
늘 곱고 영악하시게나
파리가 빨다만 밥알은
절대로 되지 마시게나

그리고

부품 없는 수리업소에
맡겨지는 일은 더더욱
없으시게나

―「아내」 전문

시 「망상」에서 화자는 아내가 "평소에 잘 익은 누에 같다고 자신을
자랑"하지만 브래지어 "컵이 다 찌그러져서 살아나지 않는다"고 한다.
컵을 살려내기 위해 어떻게 해야할 지 고민하는 화자의 모습, 아내의
유방을 "대봉시 두 개가 물컹하고 터졌"다고 하는 비유가 재미있다.

「아내」 역시 비유적이고 간접적인 웃음을 준다. 화자가 현재 곱고
영악한 아내에게 당부하는 내용의 시이다. 지금처럼 아내가 변하지
말고 늘 곱고 영악하며, "파리가 빨다가 만 밥알"처럼 절대로 되지 말
라는 애정어린 주문이다. 그리고 2,3연을 더하여 "부품 없는 수리업소

에/ 맡겨지는 일은 더더욱/ 없"기를 당부하고 있다. "부품 없는 수리업소"가 무엇을 비유하는 것인지 독자는 충분히 짐작할 수 있다.

3

문학에서 중요한 요소 가운데 하나인 웃음은 외적 웃음과 내적 웃음으로 구분할 수도 있을 것이다. 외적 웃음은 직접적이고 풍자적인 웃음일 것이다. 이를 테면 맨 먼저 인용한 시 「부레」를 떠올리면 된다. 내적 웃음은 간접적이고 비유적 웃음이다. 웃음의 외적 표현은 잘 나타나지 않지만 공감하고 감동하는 폭이 넓을 것이다. 앞에 인용한 시 「봉침-그리움」 같은 시를 말한다. 그런데 이런 웃음을 가져다주는 근원은 천진성이다. 우리는 이사철의 시편 곳곳에서 유쾌한 천진성을 발견 할 수 있다. 다름 아닌 발상의 천진성인데, 이것이 시 창작의 원리와 서로 통한다.

사람들은 꽃잎이 날리는 것을 꽃비라고 하지 꽃눈이라고 하지 않습니다 그런데 세 살 적 우리 아들은 벚꽃 지는 것을 보고 눈이 많이 내린다고 했습니다 눈이라면 녹아야 할 텐데 녹지 않는다는 것을 이미 알고도 그걸 그렇게 표현한 것을 보면 두보가 잠시나마 우리 세상에 환생 했던가 봅니다

—「꽃눈」 전문

시인은 어린 아들을 주인공으로 내세워, 우리는 벚꽃이 지는 것을

일상적으로 꽃비라고 하지만 아들은 꽃눈이라고 했다며, 이를 두보가 잠시나마 환생했던 게 아닌가 하고 추정한다. 꽃이 지는 것을 꽃비보다는 눈이 내린다고 비유하는 것이 훨씬 시다운 것이다. 시인의 천진성은 아래 시에서도 발견된다.

> 이 세상에 누구든지 본심으로 사는 사람 있으면 손 한번 들어보란다
> 나는 얼떨결에 그만 손을 들고 말았다
> 날아가는 새가 내 얼굴에 똥을 갈기고 간다
> ─「반성」전문

시인은 이 세상에서 본심으로 살기 어렵다는 것을 시를 통해서 이야기 한다. 시 속에서 누군가가 본심으로 사느냐고 물었을 때 화자는 얼떨결에 손을 들게 되고, 그런 화자의 얼굴에 새가 무슨 거짓말이야 하면서 똥을 갈기는 것이다. 시에서 화자가 반사적으로 손을 드는 행위는 주변의 눈치를 보지 않는 천진성 때문이다. 본심은 곧 천진이다. 본심으로 살기는 어렵지만 실제로 본심으로 살려는 화자의 의지가 손을 들게 한 것이다. 아래 시를 보면 시인의 천진한 일상이 눈에 잡힌다.

> 아침 일찍 '자기야, 당신이야'
> 라고 애달게 부르면서 내 품으로 들어온
> 문자메시지 두 통을 매정하게 지워버렸더니
> 곧바로 내 자기
> 또는 그녀의 전화 한 통이 들어왔다

신호가 다섯 번 정도 울리는 동안
나의 경호원 앱App이
'춘천 신사우동 치안센터'에서
나를 찾는다고 알려주고 정 위치로 갔다

겁이 덜컥 나서 아내에게
집에 별일 없는지 전화로 물어보고서야
그 살가운 마누라가
발톱을 숨기고 전국의 치안센터에서
밤낮 없이 근무하는
비정한 여자라는 사실을 알게 되었다
　　　　　　　—「스미싱녀—오늘처럼 살가운
　　　　우리 마누라는 처음부터 부존재하였다」전문

　시에서 사건은 화자가 아내로 위장한 살가운 내용의 스미싱 문자
를 받으면서 시작된다. 문자를 보내는 사람이 초중반부에는 화자의
실제 아내로 읽히다가 종반에 가서야 스미싱 문자라는 것을 알 수 있
다. 시적 반전인 것이다. 현재 같이 사는 화자의 아내가 이처럼 살가
울 수는 없으며, 그런 아내는 아예 처음부터 존재하지 않았다는 것이
다. 스미싱 문자의 경험을 재미있게 한 편의 시로 구성하고 있다. 아
래 인용하는 시야말로 천진무구의 극치이다.

　원주 매지리 회촌마을 토지문화관 건너편에 있는 흙의 울음이라는
식당에 가면 김혜수 입술이라는 정식이 나온다

사람의 두상을 한 정식으로 머리는 돼지수육이고 눈은 콩이고 코는 푸른색 또는 붉은색 고추고 귀는 뚝배기 손잡이 두 개로 대체되었으며 입술은 당근이나 홍당무를 저며서 만들었는데 당근이나 홍당무로 만든 그 부분의 맛이 일품이다 그 때문에 이 집은 예약하지 않으면 밥을 먹을 수가 없고 특히 남자손님이 우글거린다고 하는데 입술이 유난히도 빨갛게 칠해진 이 집 여주인 이름이 김혜수가 아닌가 상상해본다

난 오늘 여주인을 힐끔힐끔 쳐다보면서 머리눈코입술을 남김없이 다 먹어버렸다,

내장까지도

남산만한 배를 앞세우고 문을 나서는데 몸을 팔아 돈을 버는 주인 여자의 빨간 입술이 계산대를 지나 마당까지 따라 나오면서 자꾸 나를 향해 추파를 던지는 날이었다
                                                    ―「김혜수 입술」전문

'김혜수 입술'은 식당의 메뉴이다. 사람 얼굴모양의 그릇에 "머리는 돼지 수육이고 눈은 콩이고 코는 푸른색 또는 붉은색 고추고 귀는 뚝배기 손잡이 두 개"이며, "입술은 당근이나 홍당무를 저며서 만"든 것인데 "그 부분의 맛이 일품"이라는 것이다. 화자는 입술이 빨간 식당 여주인의 이름이 김혜수가 아닐까 하고 상상을 한다. 더 재미있는 것은 3,4연에서 화자가 "여주인을 힐끔힐끔 쳐다보면서 머리눈코입술

을 남김없이 다 먹어버렸다"는 것이다. 그것도 "내장까지". 그리고 화자는 주인이 결국 "몸을 팔아 돈을 버는"것으로 회화화 하고 있다. 메뉴의 데커레이션에 여주인의 빨간 입술을 비유하는 시인의 재치가 웃음을 준다. 아래 시에서는 신체의 묘사를 통해 시 읽는 재미를 준다.

남 주는 것을 좋아하는 낭천 여자들
그녀들은 엉덩이가 펑퍼짐하지만 속은 차고 달다

한평생으로 치자면
아주 짧은 순간의 만남이었을 뿐인데
그것도
크나큰 인연이라고 정을 깊게 탄다

출출한 시간에 푹 퍼진 잔치국수를 소쿠리에 담아와
같이 메워먹기도 하고
보리개떡의 사촌인 쑥개떡,
하급품 밀가루에 김치를 넣고 빚은
부꾸미 먹던 시절을 눈물에 담아온다

남 주는 것을 좋아하는 낭천 여자들
그녀들은 두루뭉술하지만 속은 뜨겁고 고소하다

쑥개떡에다 김치부꾸미 냄새나는 낭천 여자들
그녀들의 시간에 나를 가두었던,

시절이 저만치 반환점을 돌고 있다

―「낭천* 여자들」 전문

시인의 낭천 경험을 형상한 작품인 것으로 추정된다. 지금의 화천인 이곳 여자들은 남 주는 것을 좋아한다. 그녀들의 "엉덩이가 펑퍼짐하지만 속은 차고 달다"는 진술이 인상적이다. 4연에 와서도 남 주는 것을 좋아하는 "그녀들은 두루뭉술하지만 속은 뜨겁고 고소하다"고 한다. 펑퍼짐한 엉덩이와 속이 차고 달다는 것과, 속은 뜨겁고 고소하다는 표현이 성애를 상상하게 하여 관능적 재미를 준다. 짧은 인연이었지만, 인정이 많았던 큰 인연을 시로 만들어 영원한 인연으로 승화시키고 있다. 아래 시는 1만 원 권 지폐를 배춧잎으로 흔하게 비유하는 것을 시에 적용하면서 오히려 시 읽기의 재미를 준다.

산골마을 초입에서 배춧잎 하나 주웠다 겨울 산맥처럼 네모지게 접혀 있다 용안이 반쯤 구겨져 있는데도 주인은 전혀 아픈 기색이 없으시다 겁 없이 용안을 접은 것을 보면 필경 고단한 삶이던가 아니면 나에게는 엄격하고 남에게는 한없이 관대한 사람이 임자임에는 틀림없다 주운 배춧잎 펴들고 전할 길 없어 안절부절 하다가 길옆에 서있는 천하대장군에게 부탁했다 줍고 또 주워도 부족해 하는 사람이나 자신에게 엄격한 사람 나타나거들랑 전해주라고 신신당부했다 해가 쥐꼬리만큼 걸린 산골마을에서 푸른 연기 피어오르고 개 짖는 소리 컹컹 들린다 한 평생 난리가 난 줄도 모르는 사람들이 모여 사는 산골마을의 하루가 환하게 저물고 있다 일찍 뜬 별 하나가 곧장 가슴에 와 박힌다

―「십승지」 전문

시인의 각주에 의하면 십승지(十勝地)는 재난이 일어날 때 피난을 가면 안전하다는 열 군데의 지역을 말한다. 이 시는 1만 원 권 지폐의 푸른색을 배춧잎으로, 지폐가 접혀 있는 것을 겨울 산맥으로, 지폐의 디자인으로 들어간 임금의 얼굴이 구겨져 있는 데도 아픈 기색이 없다는 너스레, 추운 1만 원 권을 되돌려줄 방법이 없어서 전하대장군에게 부탁한다는 엉뚱함이 재미를 준다. 결국 화자는 "한평생 난리가 난 줄도 모르는 사람들이 모여 사는 산골마을의 하루가 환하게 저물고 있다"는 이곳이 십승지임을 가리키고 있다.

4

이사철의 시를 천진성에서 오는 웃음과 재미의 전술로만 찾는 것은 그의 또 다른 장점을 잃어버리는 것이기도 하다. 시인의 발상과 표현에는 깨끗하고 맑은 순정적 서정이 가득하다. 순수서정의 발군인 아래 시를 보면 확인 할 수 있다.

어린 물고기
달빛아래 어우러져 노니는
물가의 작은 집

뜰아래
시냇물 살갑게 들락거리고
삼단 같은 버들가지로

빗어 내린 은빛여울

밤의 전령사
두견새 울음 멎은 산 너머로
쏟아지는 별똥잔치

풀벌레 울음소리에
놀란 월견초 하나 둘씩 깨어나
이슬로 밥 짓는 곳
그곳이 그립다

　　　　　　　　　　　　　　　—「초향草香」 전문

　시에 "어린 물고기"와 "작은 집"이 있고, 살가운 시냇물과 삼단같은 버들가지, 은빛여울이 있다. "별동 잔치"와 "풀벌레 울음소리"가 있고 이슬로 밥을 짓는 맑은 아름다움이 시의 심상을 지배한다. 이러한 심상은 다른 시 「뭉게구름—어린 제자」에서도 마찬가지다. 입속에 넣어준 눈깔사탕이 선생님의 입을 "보름달처럼 둥글고 환"하게 만들고, "옥수수 솥 이끼/ 한 덩이"가 선생님의 마음까지 "보름달처럼 둥글고 고소"하게 한다. 시에 동원되는 어휘가 어리고 밝고 작은 심상을 가져다주어, 맑은 시인의 마음을 추측하게 한다. 거기다가 아래 「적선」과 같은 기지도 발휘한다.

　산에 올랐다가 내려오는 길에
　공동묘지를 지나면서 막걸리 한 컵을

‘휙'하고 넓게 뿌려주었다

잠시 후 입맛 다시는 소리가
여기저기서 들려왔다

　　　　　　　　　「적선」 전문

　재미는 모든 예술에서 아주 중요한 요소이다. 문자예술에서 재미
는 그 필요성과 가치를 더한다. 모든 고전을 살펴보라. 재미가 없는
글들은 이미 인류가 쓰레기더미나 불속에 내던졌다. 재미없는 글, 재
미없는 시를 누가 읽겠는가? 요즘 시가 죽었다고 하는 이유의 한쪽에
는 재미가 없다는 이유도 포함된다. 재미가 있어야만 살아남는다.
　그런 의미에서 재미를 주조로 하는 이사철의 시의 의미는 현재 시
단에서 크다고 할 수 있다. 시에서 재미는 시인의 천성과 전술이 같이
한다. 시인의 천진무구한 발상에서 기원하는 재미와 순수서정의 절
창을 읽는 기쁨을 독자들과 같이 나누고 싶다. 이사철의 시를 읽고 많
은 사람들이 순정한 마음과 천진한 웃음을 회복하길 바란다.◐

시와소금 시인선 · 036

어디꽃피고새우는날만있으랴

ⓒ이사철, 2015, printed in Seoul, Korea

1판 1쇄 발행 2015년 10월 25일
지은이 이사철
펴낸이 임세한
디자인 유재미 정지은
펴낸곳 시와소금
등록번호 제424호
등록일자 2014년 1월 28일
발행 강원도 춘천시 충혼길20번길 4, 1층
편집 서울시 송파구 백제고분로45길 15, 302호.(홍주빌딩)
전화 (02)766-1195, 010-5211-1195
이메일 sisogum@hanmail.net

ISBN 979-11-86550-07-6 03810

값 10,000원